L'ŒIL DU LOUP

L'auteur

Daniel Pennac publie son premier essai en 1973, à l'âge de vingt-neuf ans. En 1992, alors qu'il n'a jamais cessé d'écrire (livres pour enfants, polars, romans…), il remporte un immense succès avec *Comme un roman*, un cri du cœur pour la défense de la lecture. Parallèlement, *Au bonheur des ogres*, *La Fée carabine*, *La Petite Marchande de prose*, saga de la famille Malaussène, mènent joyeusement leur vie et sont couronnés par de nombreux prix dont celui du Livre Inter, en 1990. Par ailleurs, il est aussi le père de Kamo, dont les aventures paraissent dans la collection « Lecture Junior » aux éditions Gallimard Jeunesse. Daniel Pennac, l'un de nos meilleurs auteurs, est aussi professeur de lettres.

Du même auteur, dans la même collection :

Cabot-Caboche

« *Pour Alice, princesse Li Tsou,
et Louitou, type formidab'.* »

Loi n° 49-956 du 16 juillet 1949 sur les publications destinées à la jeunesse : janvier 1994.

© 1984, éditions Fernand Nathan, Paris.
© 1994, éditions Pocket Jeunesse, département d'Univers Poche, pour les illustrations.

ISBN 978-2-266-12630-4

Daniel PENNAC

L'œil du loup

Illustrations de
Catherine Reisser

NATHAN

CHAPITRE PREMIER

LEUR RENCONTRE

1

Debout devant l'enclos du loup, le garçon ne bouge pas. Le loup va et vient. Il marche de long en large et ne s'arrête jamais.

« M'agace, celui-là... »

Voilà ce que pense le loup. Cela fait bien deux heures que le garçon est là, debout devant ce grillage, immobile comme un arbre gelé, à regarder le loup marcher.

« Qu'est-ce qu'il me veut ? »

C'est la question que se pose le loup. Ce garçon l'intrigue. Il ne l'inquiète pas (le loup n'a peur de rien), il l'intrigue.

« Qu'est-ce qu'il me veut ? »

Les autres enfants courent, sautent, crient, pleurent, ils tirent la langue au loup et cachent leurs têtes dans les jupes de leurs mères. Puis, ils vont faire les clowns devant la cage du gorille et rugir au nez du lion dont la queue fouette l'air. Ce garçon-là, non. Il reste debout, immobile, silencieux. Seuls ses yeux bougent. Ils suivent le va-et-vient du loup, le long du grillage.

« N'a jamais vu de loup, ou quoi ? »

Le loup, lui, ne voit le garçon qu'une fois sur deux.

C'est qu'il n'a qu'un œil, le loup. Il a perdu l'autre dans sa bataille contre les hommes, il y a dix ans, le jour de sa capture. À l'aller donc (si on peut appeler ça l'aller), le loup voit le zoo tout entier, ses cages, les enfants qui font les fous et, au milieu d'eux, ce garçon-là, tout à fait immobile. Au retour (si on peut appeler ça

le retour), c'est l'intérieur de son enclos que voit le loup. Son enclos vide, car la louve est morte la semaine dernière. Son enclos triste, avec son unique rocher gris et son arbre mort. Puis le loup fait demi-tour, et voilà de nouveau ce garçon, avec sa respiration régulière, qui fait de la vapeur blanche dans l'air froid.

« Il se lassera avant moi », pense le loup en continuant de marcher.

Et il ajoute :

« Je suis plus patient que lui. »

Et il ajoute encore :

« Je suis le loup. »

2

Mais, le lendemain matin, en se réveillant, la première chose que voit le loup, c'est ce garçon, debout devant son enclos, là, exacte-

ment au même endroit. Le loup a failli sur-
sauter.

« Il n'a pas passé la nuit ici, tout de même ! »

Il s'est contrôlé à temps, et il a repris son
va-et-vient comme si de rien n'était.

Cela fait une heure, maintenant, que le
loup marche. Une heure que les yeux du garçon
le suivent. Le pelage bleu du loup frôle le
grillage. Ses muscles roulent sous sa fourrure
d'hiver. Le loup bleu marche comme s'il ne
devait jamais s'arrêter. Comme s'il retournait
chez lui, là-bas, en Alaska. « Loup d'Alaska »,
c'est ce qu'indique la petite plaque de fer, sur
le grillage. Et il y a une carte du Grand Nord,
avec une région peinte en rouge, pour préciser.
« Loup d'Alaska, Barren Lands »...

Ses pattes ne font aucun bruit en se posant
sur le sol. Il va, d'un bout à l'autre de l'enclos.
On dirait le battant silencieux d'une grande
horloge. Et les yeux du garçon font un mouvement très lent, comme s'ils suivaient une partie
de tennis au ralenti.

« Je l'intéresse donc tant que ça ? »

Le loup fronce les sourcils. Des vaguelettes
de poils hérissés viennent mourir au bord de son
museau. Il s'en veut de se poser toutes ces
questions à propos de ce garçon. Il avait juré
de ne plus jamais s'intéresser aux hommes.

Et, depuis dix ans, il tient le coup : pas une pensée pour les hommes, pas un regard, rien. Ni pour les enfants qui font les pitres devant sa cage, ni pour l'employé qui lui jette sa viande de loin, ni pour les artistes du dimanche qui viennent le dessiner, ni pour les mamans idiotes qui le montrent aux tout-petits en piaillant : « Voilà, c'est lui, le loup, si t'es pas sage t'auras affaire à lui ! » Rien de rien.

« Le meilleur des hommes ne vaut rien ! »

C'est ce que disait toujours Flamme Noire, la mère du loup.

Jusqu'à la semaine dernière, le loup s'arrêtait quelquefois de marcher. La louve et lui s'asseyaient en face des visiteurs. Et c'était exactement comme s'ils ne les voyaient pas ! Le loup et la louve regardaient droit devant eux. Leur regard vous passait au travers. On avait l'impression de ne pas exister. Très désagréable.

« Qu'est-ce qu'ils peuvent bien regarder comme ça ? »

« Qu'est-ce qu'ils voient ? »

Et puis la louve est morte (elle était grise et blanche, comme une perdrix des neiges). Depuis, le loup ne s'est plus jamais arrêté. Il marche du matin au soir, et sa viande gèle sur le sol autour de lui. Dehors, droit comme un i (un i dont le point ferait de la vapeur blanche), le garçon le regarde.

« Tant pis pour lui », décide le loup.

Et il cesse complètement de penser au garçon.

3

Pourtant, le lendemain le garçon est là. Et le jour suivant. Et les jours d'après. Au point que le loup est bien obligé de repenser à lui.

« Mais qui est-ce ? »

« Qu'est-ce qu'il me veut ? »

« Ne fait donc rien de la journée ? »

« Travaille pas ? »

« Pas d'école ? »

« Pas d'amis ? »

« Pas de parents ? »

« Ou quoi ? »

Un tas de questions qui ralentissent sa marche. Il se sent les pattes lourdes. Ce n'est pas encore de la fatigue, mais ça pourrait venir.

« Incroyable ! » pense le loup.

Enfin, demain, on fermera le zoo. C'est le jour du mois consacré au soin des bêtes, à l'entretien des cages. Pas de visiteurs, ce jour-là.

« Je serai débarrassé de lui. »

Pas du tout. Le lendemain, comme les autres jours, le garçon est là. Il est même là plus que jamais, tout seul devant l'enclos, dans le jardin zoologique absolument désert.

— Oh non !... gémit le loup.

Eh si !

Le loup se sent maintenant très fatigué. À croire que le regard de ce garçon pèse une tonne.

« D'accord », pense le loup.

« D'accord ! »

« Tu l'auras voulu ! »

Et, brusquement, il s'arrête de marcher. Il s'assied bien droit, juste en face du garçon. Et lui aussi se met à le regarder. Il ne lui fait pas le coup du regard qui vous passe au travers, non. Le vrai regard, le regard *planté* !

Ça y est. Ils sont face à face, maintenant.

Et ça dure.

Pas un visiteur, dans le jardin zoologique. Les vétérinaires ne sont pas encore arrivés. Les lions ne sont pas sortis de leur tanière. Les oiseaux dorment dans leurs plumes. Jour de relâche pour tout le monde. Même les singes ont renoncé à faire les guignols. Ils pendent aux branches comme des chauves-souris endormies.

Il n'y a que ce garçon.

Et ce loup au pelage bleu.

« Tu veux me regarder ? D'accord ! Moi aussi, je vais te regarder ! On verra bien... »

Mais quelque chose gêne le loup. Un détail stupide. Il n'a qu'un œil et le garçon en a deux. Du coup, le loup ne sait pas dans quel œil du garçon planter son propre regard. Il hésite. Son œil unique saute : droite-gauche, gauche-droite. Les yeux du garçon, eux, ne bronchent pas. Pas un battement de cils. Le loup est affreusement mal à l'aise. Pour rien au monde, il ne détournerait la tête. Pas question de se remettre à marcher. Résultat, son œil s'affole de plus en plus. Et bientôt, à travers la cicatrice de son œil mort, apparaît une larme. Ce n'est pas du chagrin, c'est de l'impuissance, et de la colère.

Alors le garçon fait une chose bizarre. Qui calme le loup, qui le met en confiance. Le garçon ferme un œil.

Et les voilà maintenant qui se regardent, œil dans l'œil, dans le jardin zoologique désert et silencieux, avec tout le temps devant eux.

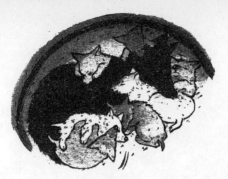

CHAPITRE II

L'ŒIL DU LOUP

1

Un œil jaune, tout rond, avec, bien au centre, une pupille noire. Un œil qui ne cligne jamais. C'est tout à fait comme si le garçon regardait une bougie allumée dans la nuit ; il ne voit plus que cet œil : les arbres, le zoo, l'enclos, tout a disparu. Il ne reste qu'une seule chose : *l'œil du loup*. Et l'œil devient de plus en plus gros, de plus en plus rond, comme une lune rousse dans un ciel vide, avec, en son milieu, une pupille de plus en plus noire, et des petites taches de couleurs différentes qui apparaissent dans le jaune brun de l'iris, ici une tache bleue (bleue comme l'eau gelée sous le ciel), là un éclair d'or, brillant comme une paillette.

Mais le plus important, c'est la pupille. La pupille noire !

— Tu as voulu me regarder, eh bien, regarde-moi !

Voilà ce que semble dire la pupille. Elle brille d'un éclat terrible. On dirait une flamme. « C'est ça, pense le garçon : *une flamme noire !* »

Et le voilà qui répond :

— D'accord, Flamme Noire, je te regarde, je n'ai pas peur.

La pupille a beau grossir, envahir l'œil tout entier, brûler comme un véritable incendie, le garçon ne détourne pas son regard. Et c'est quand tout est devenu noir, absolument noir, qu'il découvre ce que personne n'a jamais vu avant lui dans l'œil du loup : *la pupille est vivante.* C'est une louve noire, couchée en boule au milieu de ses petits, et qui fixe le garçon en

grondant. Elle ne bouge pas mais, sous sa fourrure luisante, on la sent tendue comme un orage. Ses babines sont retroussées au-dessus de ses crocs éblouissants.

Les extrémités
de ses pattes fré-
missent. Elle va
bondir. Un petit
garçon de cette
taille, elle n'en
fera qu'une
bouchée.

— C'est bien
vrai que tu n'as
pas peur ?

C'est bien vrai. Le garçon reste là. Il ne
baisse pas son œil. Le temps passe. Alors, très
lentement, les muscles de Flamme Noire se dé-
tendent. Elle finit par murmurer entre ses crocs :

— Bon, d'accord, si tu y tiens, regarde
autant que tu voudras, mais ne me dérange pas
pendant que je fais la leçon aux petits, hein ?

Et, sans plus s'occuper du garçon, elle pro-
mène un long regard sur les sept louveteaux
duveteux qui sont couchés autour d'elle. Ils lui
font une auréole rousse.

« L'iris, pense le garçon, l'iris autour de
la pupille… »

Oui, cinq louveteaux sont exactement du
même roux que l'iris. Le pelage du sixième est
bleu, bleu comme l'eau gelée sous un ciel pur.
Loup Bleu !

Et la septième (c'est une petite louve jaune) est comme un éclair d'or. Les yeux se plissent quand on la regarde. Ses frères l'appellent Paillette.

Tout autour, c'est la neige. Jusqu'à l'horizon que ferment les collines. La neige silencieuse de l'Alaska, là-bas, dans le Grand Nord canadien.

La voix de Flamme Noire s'élève à nouveau, un peu solennelle dans ce silence tout blanc :

— Les enfants, aujourd'hui, je vais vous parler de l'Homme !

2

— L'Homme ?

— Encore ?

— Ah non !

— Tu n'arrêtes pas de nous raconter des histoires d'hommes !

— Y en a marre !

— On n'est plus des bébés !

— Parle-nous plutôt des caribous, ou des lapins des neiges, ou de la chasse aux canards...

— Oui, Flamme Noire, raconte-nous des histoires de chasse !

— Nous autres, les loups, on est des chasseurs, oui ou non ?

Mais ce sont les hurlements de Paillette qui dominent :

— Non, je veux une histoire d'Homme, une vraie, une qui fait bien peur, maman, je t'en supplie, une histoire d'Homme, j'adore !

Seul Loup Bleu reste silencieux. Celui-là n'est pas d'un naturel bavard. Plutôt sérieux. Vaguement triste, même. Ses frères le trouvent ennuyeux. Pourtant, quand il parle — c'est rare —, tout le monde l'écoute. Il a la sagesse, comme un vieux loup plein de cicatrices.

Bon. On en est là : les cinq rouquins se sont mis à se bagarrer, et que je t'attrape la gorge, et que je te saute sur le dos, et que je te mordille les pattes, et que je tourne comme un fou autour de ma propre queue... la pagaille complète. Paillette les encourage de sa voix perçante en sautant sur place comme une grenouille en folie. Tout autour d'eux, la neige vole en éclats d'argent.

Et Flamme Noire laisse faire.

« Qu'ils s'amusent..., ils connaîtront bien assez tôt la vraie vie des loups ! »

Tout en se disant cela, elle pose son regard sur Loup Bleu, le seul de ses enfants à ne jamais s'amuser. « Tout le portrait de son père ! »

Il y a de la fierté dans cette pensée, et de la tristesse, car Grand Loup, le père, est mort.

« Trop sérieux », pense Flamme Noire.

« Trop inquiet.. »

« Trop loup... »

— Écoutez !

Loup Bleu est assis, immobile comme un rocher, ses pattes antérieures tendues et ses oreilles dressées.

— Écoutez !

La bagarre cesse aussitôt. La neige retombe autour des louveteaux. D'abord, on n'entend rien. Les rouquins ont beau dresser leurs oreilles fourrées, il n'y a que la plainte soudaine du vent, comme un grand coup de langue glacée.

Et puis, tout à coup, derrière le vent, un hurlement de loup, très long, très modulé, qui raconte un tas de choses.

— C'est Cousin Gris, murmure un des rouquins.

— Qu'est-ce qu'il dit ?

Flamme Noire jette un rapide coup d'œil à Loup Bleu. L'un et l'autre savent bien ce que Cousin Gris leur dit, du haut de la colline où il est placé en sentinelle.

L'Homme !

Une bande de chasseurs...

Qui les cherchent.

Les mêmes que la dernière fois.

— Fini de jouer, les enfants, préparez-vous, nous partons !

3

Alors, c'était ça, ton enfance, Loup Bleu : fuir devant les bandes de chasseurs ?

Oui, c'était ça.

On s'installait dans une vallée paisible, bordée de collines que Cousin Gris pensait infranchissables. On y restait une semaine ou deux, et il fallait s'enfuir à nouveau. Les hommes ne se décourageaient jamais. Depuis deux lunes, c'était toujours la même bande qui traquait la famille. Ils avaient déjà eu Grand Loup, le père. Pas facilement. Une drôle de bagarre ! Mais ils l'avaient eu.

On fuyait. On marchait à la queue leu leu.

Flamme Noire ouvrait la procession, immédiatement suivie de Loup Bleu. Puis venaient Paillette et les rouquins. Et Cousin Gris, enfin, qui effaçait les traces avec sa queue.

On ne laissait jamais de traces. On disparaissait complètement. Toujours plus loin dans le Nord. Il y faisait de plus en plus froid. La neige s'y changeait en glace. Les rochers devenaient coupants. Et pourtant les hommes nous retrouvaient.

Toujours. Rien ne les arrêtait.

Les hommes...

L'Homme...

Le soir, on se couchait dans des terriers de renards. (Les renards prêtent volontiers leurs terriers aux loups. Contre un peu de nourriture. Ils n'aiment guère chasser, les renards, trop

23

paresseux.) Cousin Gris montait la garde dehors, assis sur un rocher qui dominait la vallée. Loup Bleu se couchait à l'entrée du terrier pendant que, tout au fond, Flamme Noire endormait les petits en leur racontant des histoires. Des histoires d'Homme, bien sûr. Et, parce qu'il faisait nuit, parce qu'ils étaient trop fatigués pour jouer, parce qu'ils adoraient avoir peur, et parce que Flamme Noire était là pour les protéger, Paillette et les rouquins écoutaient.

Il était une fois...

Toujours la même histoire : celle du louveteau trop maladroit et de sa grand-mère trop vieille.

Il était une fois un louveteau si maladroit qu'il n'avait jamais rien attrapé de sa vie. Les plus vieux caribous couraient trop vite pour lui, les mulots lui filaient sous le nez, les canards s'envolaient à sa barbe... Jamais rien attrapé. Même pas sa propre queue ! Beaucoup trop maladroit.

Bon. Mais il fallait bien qu'il serve à quelque chose, non ? Heureusement, il avait une grand-mère. Très vieille. Si vieille qu'elle n'attrapait plus rien non plus. Ses grands yeux tristes regardaient courir les jeunes. Sa peau ne frémissait plus à l'approche du gibier. Tout le monde était désolé pour elle. On la laissait à la tanière quand on partait à la chasse. Elle mettait un peu d'ordre, lentement, puis faisait sa toilette avec soin. Car Grand-Mère avait une fourrure magnifique. Argentée. C'était tout ce qui lui restait de sa jeunesse. Jamais aucun loup n'en avait eu d'aussi belle. Sa toilette achevée — ça lui prenait deux bonnes heures — Grand-Mère se couchait à l'entrée de la tanière. Le museau entre les pattes, elle attendait le retour du Maladroit. C'était à cela qu'il servait, le Maladroit : nourrir Grand-Mère. Le premier caribou tué, hop ! le cuissot était pour Grand-Mère.

— Pas trop lourd pour toi, Maladroit ?
— Du tout, du tout !
— Bon, ne flâne pas en route !
— Et ne t'emmêle pas les pattes !
— Et gare à l'Homme !
Etc.
Le Maladroit n'écoutait même plus ces recommandations. Il avait l'habitude.

— Jusqu'au jour où...
— Jusqu'au jour où quoi ? demandaient les rouquins, leurs grands yeux dilatés dans la nuit.
— Où quoi ? Où quoi ? s'écriait Paillette, la langue pendante.
— Jusqu'au jour où l'Homme arriva à la

tanière avant le Maladroit, répondait Flamme Noire dans un murmure terrifiant.

— Et alors ?

— Et alors ? Hein ? Alors ? Alors ?

— Alors l'Homme tua Grand-Mère, lui vola sa fourrure pour se faire un manteau, lui vola ses oreilles pour se faire un chapeau, et se fit un masque avec son museau.

— Et… alors ?

— Alors ? Alors il est l'heure de dormir, les enfants, je vous raconterai la suite demain.

Les enfants protestaient, bien sûr, mais Flamme Noire tenait bon. Peu à peu, le souffle du sommeil remplissait le terrier.

C'est le moment que Loup Bleu attendait pour poser sa question. Toujours la même :

— Flamme Noire, ton histoire, elle est vraie ?

Flamme Noire réfléchissait un moment, puis faisait toujours la même réponse bizarre :

— Plus vrai que le contraire, en tout cas.

4

Avec tout ça, les saisons passaient, les enfants grandissaient, devenaient de jeunes loups, de vrais chasseurs, et on n'avait jamais vu d'Homme. Enfin, jamais de près. On les avait entendus. Le jour où Grand Loup s'était battu avec eux, par exemple. On avait entendu les rugissements de Grand Loup, puis le hurlement d'un homme, un croc planté dans chaque fesse, des cris de panique, des ordres, puis un bruit de tonnerre, puis, plus rien. Grand Loup n'était pas revenu.

Et on avait recommencé à fuir.

On en avait vu de loin aussi. À peine quittait-on une vallée qu'ils s'y installaient. Et la vallée se mettait à fumer. Un vrai chaudron.

— Ils salissent la neige, grognait Flamme Noire.

On les observait du haut de la plus haute colline. Ils marchaient sur deux pattes au fond du chaudron.

Mais de près, à quoi pouvaient-ils bien ressembler ?

— Cousin Gris, tu les as déjà vus de près, toi ?

— J'en ai vu, oui.

Pas bavard, Cousin Gris.

— À quoi ils ressemblent ?

— Les hommes ? Deux pattes et un fusil.
À part ça, on ne pouvait rien tirer de lui.

Quant à Flamme Noire, elle racontait des
histoires qu'on ne pouvait plus croire, maintenant qu'on était devenu grand.

— Les hommes mangent tout : l'herbe des
caribous, les caribous eux-mêmes et, s'ils n'ont
rien à se mettre sous la dent, ils peuvent aussi
manger du loup !

Ou bien :

— Les hommes ont deux peaux : la pre-

mière est toute nue, sans
un poil, la seconde, c'est
la nôtre.

Ou bien encore :

— L'Homme ? L'Homme est un collectionneur. (Cette phrase-là, personne ne la comprenait.)

Et puis, un jour, au moment de la pause
— tout le monde était essoufflé —, quelqu'un
demanda :

— Mais pourquoi est-ce toujours *la même
bande* qui nous poursuit ?

Cousin Gris léchait ses pattes meurtries.

— Ils ont entendu parler d'une petite louve
à la fourrure d'or...

Il n'acheva pas sa phrase, Flamme Noire
le foudroyait du regard.

Trop tard. Tous les rouquins regardaient
Paillette. Et Paillette regardait tout le monde,
les oreilles dressées.

— Comment ? C'est moi qu'on cherche ?

Le soleil choisit juste ce moment pour percer les nuages. Un rayon tomba sur Paillette et tout le monde détourna les yeux. Elle était réellement éblouissante ! Une louve d'or, vraiment, avec une truffe noire au bout du museau. Si noire, la truffe, dans tout cet or, que ça la faisait un peu loucher.

« Adorable », pensa Flamme Noire, « ma fille est adorable... » Elle ajouta aussitôt : « mais complètement tête en l'air. » Puis elle poussa un soupir et murmura au plus profond d'elle-même :

— Franchement, Grand Loup, pourquoi m'as-tu donné la plus belle louve qui ait jamais existé ? Tu trouves qu'on n'avait pas assez d'ennuis comme ça ?

5

— Comment ? C'est moi qu'on cherche ?

Elle avait dit ça sur un drôle de ton, Paillette. Ça n'avait pas échappé aux oreilles de Loup Bleu. « C'est moi qu'*on* cherche ? » Chochotte, va... Et c'était inquiétant...

Loup Bleu ne savait trop quoi penser de sa sœur. C'était une belle louve, bien sûr. La plus belle. Et d'une habileté, à la chasse... imbattable ! Bien plus rapide que les rouquins, qui n'étaient pas de mauvais chasseurs, pourtant. Bien meilleur œil que Flamme Noire ! Bien meilleure oreille que Cousin Gris ! « Et plus fin museau que moi ! » ça, Loup Bleu était obligé de le reconnaître. Tout à coup, elle s'arrêtait, truffe au vent, et elle disait :

— Là... souris de prairie !

— Où ça, là ?

— Là-bas !

Elle montrait un endroit précis, trois cents mètres devant. On y allait. Et on trouvait une famille de mulots à dos rouge, dodus comme des perdrix. Sous terre. Les rouquins n'en revenaient pas.

— Comment t'as deviné ?

Elle répondait :

— Le nez.

Ou, en été, à la chasse aux canards… Les rouquins nageaient vers leurs proies sans un bruit. Seule leur truffe dépassait. Pas un remous. Pourtant, neuf fois sur dix, les canards s'envolaient sous leur nez. Paillette restait sur la berge, aplatie comme un chat, dans l'herbe jaune. Elle attendait. Les canards s'envolaient lourdement, au ras de l'eau. Quand l'un d'eux (toujours le plus gros) passait au-dessus d'elle, hop ! un bond, et clac !

— Comment tu réussis ça ?

— L'œil !

Et à la migration des caribous — quand leur harde s'étire sur toute la largeur de la plaine — on grimpait sur la plus haute colline, et Paillette disait :

— Le sixième à droite, à partir du gros rocher : malade.

(Les loups ne mangent que les caribous malades. C'est un principe.)

— Malade ? Comment peux-tu en être sûre ?

— L'oreille !

Elle ajoutait :

— Écoute, il respire mal.

Elle attrapait même les lièvres polaires. Et ça, aucun loup n'avait jamais réussi un coup pareil.

— Les pattes !

Mais, à côté de ces exploits, elle ratait des choses incroyablement faciles. Exemple : elle coursait un vieux caribou tout essoufflé et, tout à coup, son attention était attirée par un vol de perdrix des neiges. Elle levait les yeux, s'emmêlait les pattes, se cassait la figure, et on la retrouvait qui se roulait par terre en hurlant de rire, comme un louveteau du premier âge.

— Tu ris trop, grondait Loup Bleu, ce n'est pas sérieux.

— Et toi, tu es trop sérieux, ce n'est pas drôle.

Ce genre de réponse n'amusait pas Loup Bleu.

— Pourquoi est-ce que tu ris tant, Paillette ?

Elle cessait de rire, regardait Loup Bleu droit dans les yeux, et répondait :

— Parce que je m'ennuie.

Elle expliquait :

— Il ne se passe jamais rien dans ce fichu pays, rien ne change jamais !

Et elle répétait :

— Je m'ennuie.

6

Et, bien sûr, à force de s'ennuyer, Paillette voulut voir du nouveau. Elle voulut voir les hommes. De près. Cela se passa une nuit. Ils poursuivaient toujours la famille. La même bande de chasseurs. Ils campaient dans une cuvette herbeuse à trois heures de la tanière. Paillette sentait l'odeur de leurs feux. Elle entendait même le bois sec pétarader.

« J'y vais », se dit-elle.

« Je serai de retour avant l'aube. »

« Je verrai bien à quoi ils ressemblent, finalement. »

« J'aurai quelque chose à raconter, on s'ennuiera moins. »

« Et, après tout, puisque c'est moi qu'on cherche... »

Elle pensait que c'étaient de bonnes raisons.

Elle y alla.

Quand Loup Bleu se réveilla, cette nuit-là (un pressentiment), elle était déjà partie depuis une heure. Il devina tout de suite. Elle avait trompé la vigilance de Cousin Gris (cela aussi, elle savait le faire !) et elle était allée chez les hommes.

« Il faut que je la rattrape ! »

Il ne réussit pas à la rattraper.

Quand il arriva au campement des chasseurs, il vit les hommes debout, danser dans la lumière des feux, autour d'un filet accroché à une potence par une grosse corde qui le maintenait fermé. Prise dans le filet, Paillette donnait des coups de crocs dans le vide. Sa fourrure lançait de brefs éclairs d'or dans la nuit. Les chiens en folie sautaient sous le filet. Leurs mâchoires claquaient. Les hommes hurlaient en dansant. Ils étaient vêtus de peaux de loups. « Flamme Noire avait raison », pensa Loup Bleu. Et aussitôt : « Si je coupe la corde, le filet tombera au milieu des chiens et s'ouvrira. Elle est trop rapide pour eux, on s'en tirera ! »

Il fallait sauter par-dessus les feux. Pas drôle pour un loup. Mais il fallait le faire, et vite. Pas le temps d'avoir peur. « La surprise, c'est ma seule chance ! »

Il était déjà dans l'air brûlant, au-dessus des flammes, au-dessus des hommes (le feu leur faisait des visages très rouges), au-dessus du filet !

Il trancha la corde d'un coup de dent et hurla :

— File, Paillette !

Hommes et chiens regardaient encore en l'air.

Paillette hésita :

— Excuse-moi, Loup Bleu, exc...

Et ce fut la bagarre générale. Loup Bleu envoya deux chiens dans les flammes.

— Va-t'en, Paillette, va-t'en !

— Non ! je ne veux pas t'abandonner !

Mais les chiens étaient nombreux.

— Va-t'en, je te confie la famille !

Alors, Loup Bleu vit Paillette faire un bond formidable. Puis il entendit des coups de tonnerre. La neige jaillit en petits geysers autour d'elle.

Raté !

Elle disparut dans la nuit.

Loup Bleu eut à peine le temps de s'en réjouir. Un des hommes, grand comme un ours, dressé devant lui, brandissait à deux mains une bûche enflammée. Et ce fut le choc. Comme si la tête de Loup Bleu explosait. Et la nuit. Une nuit pleine d'étincelles où il tombait, tombait, n'en finissait plus de tomber en tournoyant.

7

Voilà. Quand il se réveilla, il n'ouvrit qu'un œil. On ne l'avait pas tué. Sa fourrure avait été trop abîmée dans la bataille pour être vendue.

Alors, ce fut le zoo. Enfin, *les* zoos. Il en fit cinq ou six, dans les dix années qui suivirent. Sol de ciment et toit de tôle. Sol de terre battue et ciel ouvert. Petites cages et gros barreaux. Enclos et grillages. La viande qu'on vous lance de loin. Les peintres du dimanche. Les enfants des hommes qui ont peur de vous. Les saisons qui passent...

Tout seul. Parmi des animaux inconnus, eux aussi dans des cages...

« L'Homme est un collectionneur. »

Il comprenait maintenant la phrase de Flamme Noire.

Tout seul. Jusqu'au jour où on introduisit une louve dans sa cage.

D'abord, Loup Bleu n'en fut pas trop content. Il avait pris l'habitude de la solitude. Il préférait ses souvenirs à une compagnie. La louve posait un tas de questions :

— Comment t'appelles-tu ?

Elle avait un pelage gris et un museau presque blanc.

— D'où viens-tu ?

Le bout de ses pattes aussi était blanc.

— Il y a longtemps qu'ils t'ont pris ?

« On dirait une perdrix des neiges. »

— D'accord, dit la louve, tais-toi si tu veux, mais je te préviens : dès que toi, tu me poseras une question, moi j'y répondrai !

« Le genre de truc qu'aurait pu me dire Paillette », pensa Loup Bleu.

Alors, il demanda :

— Et toi, d'où viens-tu ?

— Du Grand Nord.

— C'est grand, le Grand Nord...

— Je viens des Barren Lands, dans l'Arctique.

Loup Bleu cessa de respirer. Les « Barren Lands » ? C'est ainsi que les hommes appelaient la terre où ils l'avaient capturé. Il entendit nettement son cœur battre dans sa poitrine.

— Les Barren Lands ? Dis-moi, est-ce que tu connais...

— Je connais tout le monde, là-bas !

— Une petite louve à la fourrure d'or, tu connais ?

— Paillette ? La fille de Flamme Noire et de Grand Loup ? Bien sûr que je la connais ! Mais d'abord, ce n'est pas une petite louve, elle est immense. Plus grande que les plus grands loups. Et ensuite, elle n'a pas de fourrure d'or...

— Pas de fourrure d'or, qu'est-ce que c'est que cette histoire ?

— Ce n'est pas une histoire, je ne mens jamais. Elle avait une fourrure d'or, c'est vrai. Elle ne l'a plus. Elle s'est éteinte.

— Éteinte ?

— Parfaitement. Une nuit, elle est partie avec un de ses frères, personne n'a jamais su pour où, et, le matin, elle est revenue seule. Sa fourrure s'était éteinte. Elle ne brillait plus au soleil. Jaune paille ! On dit qu'elle porte le deuil de son frère.

— On dit ça ?

— On dit des tas de choses sur elle. Et tout ce qu'on dit est vrai, je la connais bien. On dit que les loups n'ont jamais eu de meilleur chasseur, c'est vrai ! On dit que ni elle ni les siens ne se feront jamais attraper par les hommes, c'est vrai !

— Qu'est-ce que tu en sais ? demanda Loup Bleu qui sentait une grosse boule de fierté gonfler dans sa poitrine.

Alors, Perdrix raconta. C'était en été. Trois familles de loups s'étaient rassemblées autour d'un étang où les canards pullulaient. Parmi elles, la famille de Paillette et celle de Perdrix. Tous à l'affût. Silencieux. Quand, tout à coup, « flop, flop, flop », un battement de l'air au-dessus d'eux, qu'ils reconnaissent tous. L'hélicoptère ! (Oui, ils se sont mis à nous chasser avec des hélicoptères, maintenant !) Et, bang ! bang ! les premiers coups de feu. Panique générale ! Les loups s'enfuyaient de tous côtés, comme s'ils étaient dispersés par le vent des hélices. Heureusement, les chasseurs tiraient mal. C'étaient des amateurs, des qui chassent pour se distraire. Du coup, voilà l'hélicoptère qui descend, de plus en plus près. L'herbe se couchait sous lui. Mais dans l'herbe, justement, il y avait Paillette, impossible à repérer, la même couleur, exactement ! Et tout à coup, un bond : hop ! la jambe du pilote : clac ! l'hélicoptère qui remonte, qui fait une drôle de pirouette, et plouf ! au milieu de l'étang !

Perdrix s'était alors précipitée vers Paillette : « Comment as-tu réussi ça, Paillette, dis, comment ? »

— Et tu sais ce qu'elle m'a répondu ?

— L'œil !

— Comment le sais-tu ?

— Je t'expliquerai. Raconte la suite.

— Oui, la suite. Bon, alors voilà l'hélicoptère au milieu de l'étang, les hommes parmi les canards (furieux, les canards !) et les loups assis tout autour, sur la rive, à rire, rire…, une rigolade, tu ne peux pas imaginer ! Il n'y avait que Paillette qui ne riait pas.

— Elle ne riait pas ?

— Non, elle ne rit jamais.

8

Voilà. Ce fut après cette conversation que Loup Bleu accepta la compagnie de Perdrix. Elle était gaie. Ils échangèrent leurs souvenirs. Les années passèrent. La semaine dernière, Perdrix est morte. C'est ainsi qu'on arrive au présent. À ce moment présent, justement, où Loup Bleu est assis dans son enclos vide. Assis en face de ce garçon.

***

Œil dans l'œil, tous les deux. Avec le grondement de la ville en guise de silence. Depuis combien de temps se regardent-ils ainsi, ce garçon et ce loup ? Le garçon a vu le soleil se coucher bien des fois dans l'œil du loup. Non pas le froid soleil de l'Alaska (celui-là, avec sa lumière si pâle, on ne sait jamais s'il se couche ou s'il se lève...), non, le soleil d'ici, le soleil du zoo qui disparaît chaque soir quand les visiteurs s'en vont. La nuit tombe alors dans l'œil du loup. Elle brouille d'abord les couleurs, puis elle efface les images. Et la paupière du loup glisse enfin sur cet œil qui s'éteint. Le loup reste là, assis face au garçon, bien droit.

Mais il s'est endormi.

Alors le garçon quitte le zoo, sur la pointe des pieds, comme on sort d'une chambre.

***

Mais, tous les matins, lorsque Flamme Noire, Cousin Gris, les rouquins, Paillette et Perdrix se réveillent dans l'œil du loup, le garçon est là, debout devant l'enclos, immobile, attentif. Le loup est content de le revoir.

— Bientôt tu sauras tout de moi.

Le loup rassemble maintenant ses plus petits souvenirs : tous ces jardins zoologiques, tous ces animaux de rencontre, prisonniers comme lui, si tristes, tous ces visages d'hommes qu'il faisait semblant de ne pas regarder, pas très gais, eux non plus, les nuages des saisons qui passent, la dernière feuille de son arbre qui tombe, le dernier regard de Perdrix, le jour où il décida de ne plus toucher à sa viande...

***

Jusqu'à ce moment précis où se présente le tout dernier souvenir de Loup Bleu.

C'est l'arrivée de ce garçon, justement, devant son enclos, un matin, au début de l'hiver.

— Oui, mon dernier souvenir, c'est toi.

C'est vrai. Le garçon voit sa propre image apparaître dans l'œil du loup.

— Ce que tu as pu m'agacer, au début !

Le garçon se voit, debout dans cet œil tout rond, immobile comme un arbre gelé.

— Je me disais : Qu'est-ce qu'il me veut ? N'a jamais vu de loup, ou quoi ?

La respiration du garçon fait de la buée blanche dans l'œil du loup.

— Je me disais : Il se lassera avant moi, je suis plus patient que lui, je suis le loup !

Mais, dans l'œil du loup, le garçon n'a pas l'air de vouloir s'en aller.

— J'étais furieux, tu sais !

En effet, la pupille du loup se rétrécit et s'élance comme une flamme autour de l'image du garçon.

— Et puis tu as fermé ton œil. Vraiment gentil, ça...

Tout est calme, maintenant. Il se met à neiger doucement sur ce loup et sur ce garçon. Les derniers flocons de l'hiver.

— Mais toi ? *toi ?* Qui tu es, toi ? Hein ? Qui es-tu ? Et d'abord, comment t'appelle-t-on ?

CHAPITRE III

L'ŒIL DE L'HOMME

1

Ce n'est pas la première fois qu'on demande son nom au garçon. Les autres enfants, au début...

— Eh, toi, tu es nouveau par ici ?

— D'où viens-tu ?

— Qu'est-ce qu'il fait, ton père ?

— T'as quel âge ?

— T'es en quelle classe ?

— Tu sais jouer au Belvédère ?

Des questions d'enfants.

Mais la plus fréquente était justement celle que le loup venait de poser à l'intérieur de sa tête :

— Comment tu t'appelles ?

Et personne ne comprenait jamais la réponse du garçon.

— Je m'appelle Afrique.

— Afrique ? C'est pas un nom de personne, ça, c'est un nom de pays !

On riait.

— C'est pourtant comme ça que je m'appelle : Afrique.

— Sans blague ?

— Tu rigoles ?

— Tu te moques de nous ou quoi ?

Le garçon choisissait un regard bien particulier et demandait calmement :

— Est-ce que j'ai l'air de rigoler ?

Il n'en avait pas l'air.

— Excuse-nous, on plaisantait...

— On ne voulait pas te...

— On ne...

Le garçon levait la main et souriait doucement pour montrer qu'il acceptait les excuses.

— Bon, je m'appelle Afrique, c'est mon prénom. Et mon nom de famille, c'est N'Bia. Je m'appelle Afrique N'Bia.

***

Mais le garçon sait bien qu'un nom ne veut rien dire sans son histoire. C'est comme un loup dans un zoo : rien qu'une bête parmi les autres si on ne connaît pas l'histoire de sa vie.

— D'accord, Loup Bleu, je vais te raconter mon histoire.

Et voilà que l'œil du garçon se transforme à son tour. On dirait une lumière qui s'éteint. Ou un tunnel qui s'enfonce sous la terre. C'est ça, un tunnel dans lequel Loup Bleu s'engage comme dans un terrier de renard. On y voit de moins en moins à mesure qu'on avance. Bientôt, plus une goutte de lumière. Loup Bleu ne voit même pas le bout de ses pattes. Pendant combien de temps s'enfonce-t-il ainsi dans l'œil du garçon ? Difficile à dire. Des minutes, qui paraissent des années. Jusqu'au moment où une petite voix retentit au fond de l'obscurité pour annoncer :

— Voilà, Loup Bleu, c'est ici, l'endroit de mon premier souvenir !

2

Une nuit terrible. Une nuit d'Afrique sans lune. Comme si le soleil n'avait jamais brillé sur la terre. Et un vacarme, avec ça ! Des cris de panique, des galopades, de brefs éclairs qui jaillissent de tous les côtés, suivis de détonations,

comme la nuit où Loup Bleu s'est fait prendre !
Et, bientôt, le crépitement des flammes. De la
lumière rouge et des ombres noires plaquées sur
les murs. La guerre, ou quelque chose comme
ça. Des incendies partout, des maisons qui
s'effondrent...

— Toa ! Toa !

C'est une femme qui crie en courant. Elle
porte quelque chose dans les bras et appelle un
homme qui rase les murs en tenant un immense
chameau par la bride.

— Toa le Marchand, je t'en prie, écoute-
moi !

— Si tu crois que c'est le moment de bavarder !

— Ce n'est pas pour bavarder, Toa, c'est
pour l'enfant. Prends cet enfant et emmène-le
loin d'ici ! Il n'a plus de mère.

Elle tend le paquet qu'elle tient dans ses
bras.

— Qu'est-ce que tu veux que je fasse d'un
si petit enfant ? Il serait tout juste bon à boire
mon eau !

Des flammes jaillissent soudain d'une fenêtre voisine. Toa sent les poils de sa moustache
griller.

— Ah ! l'Afrique ! Maudite Afrique !

— Je t'en prie, Toa, sauve l'enfant ! Plus

grand, il racontera des histoires : les histoires qui font rêver !

— Pas besoin de rêver, moi, j'ai bien assez d'ennuis avec cet imbécile de chameau qui rêve du matin au soir !

Le chameau, qui traverse tranquillement cet enfer, comme s'il était au bord d'une oasis, s'arrête pile.

— Toa, crie la femme, je te donnerai de l'argent !

— Rien du tout ! Tu vas avancer, toi, oui ?

— Beaucoup d'argent, Toa, beaucoup !

— Sacré chameau, chaque fois que je le traite d'imbécile, il s'arrête. Combien d'argent ?

— Tout ce que j'ai.

— Tout ?

— Absolument tout !

3

Le jour se lève sur un tout autre paysage. Loup Bleu n'en croit pas son œil.

— De la neige !

Pas un arbre, pas un rocher, pas un brin d'herbe. Rien que de la neige. Rien que le ciel bleu. D'immenses collines de neige, à perte de vue. Une neige étrange, jaune, mais qui craque et crisse à chaque pas, et qui glisse en plaques, comme la neige de l'Alaska. Et, bien au milieu du ciel, un soleil blanc : il vous ferme les yeux, il fait ruisseler Toa le Marchand.

— Maudit désert ! Sable maudit ! Ça ne finira donc jamais ?

Toa marche, plié en deux. Il tient le chameau par la bride, et il jure entre ses dents :

— Ah ! l'Afrique ! Maudite Afrique !

Le chameau ne l'écoute pas. Il avance en rêvant. Ce n'est pas un chameau, c'est un dromadaire. Une seule bosse. Ce que Toa a pu lui flanquer sur le dos, inimaginable ! Casseroles, lessiveuses, moulins à café, chaussures, lampes à pétrole, tabourets de paille, une véritable quincaillerie ambulante qui brinquebale aux oscillations de sa bosse. Et là-haut, tout au sommet de cet amoncellement, assis bien droit, emmitouflé dans un manteau de Bédouin, un manteau de laine noire, le garçon. Qui regarde au loin.

— Ah ! tu es là, pense le loup, j'avais peur que cette canaille ne t'abandonne.

Loup Bleu a raison d'avoir peur. Plusieurs années ont passé depuis la terrible nuit. Et, plusieurs fois, Toa le Marchand a essayé d'abandonner le garçon. Il s'y prend toujours de la même façon. Certains matins, quand il est particulièrement en rogne (les affaires ont été mauvaises, le point d'eau est asséché, la nuit trop

51

froide, il y a tou-
jours une bonne rai-
son...), il se lève en
silence, roule sa tente
de laine brune, et mur-
mure à l'oreille du
dromadaire qui som-
nole :

— Allez, le chameau, debout, on y va.

Le garçon fait semblant de dormir. Il sait
ce qui va suivre.

— Alors, tu viens, oui ?

Toa le Marchand s'arc-boute sur la bride
du dromadaire qui le regarde en mastiquant un
vieux chardon.

— Tu vas te lever, dis ?

Non. Le dromadaire reste couché sur ses
genoux. C'est toujours à ce moment-là que Toa
brandit un gros bâton noueux :

— C'est ça que tu cherches ?

Mais il suffit au dromadaire de retrousser
ses babines et de lui montrer ses
larges dents, plates et jaunes,
pour que le bâton
retombe.

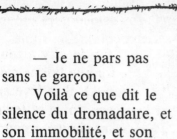

— Je ne pars pas
sans le garçon.

Voilà ce que dit le
silence du dromadaire, et
son immobilité, et son
regard tranquille. Alors,
Toa s'en va réveiller le
garçon d'une tape sèche.

— Allez, debout, toi ! Tu m'as assez fait
perdre de temps comme ça. Grimpe là-haut et
ne bronche pas.

C'est que le dromadaire n'accepte personne
d'autre sur sa bosse. Le garçon là-haut, et Toa
le Marchand en bas, à pied dans le sable brûlant.

— Salut, puceron, bien dormi ?

— Comme l'Afrique ! Et toi, Casseroles,
bonne nuit ? (« Casseroles », c'est le surnom
affectueux que le garçon donne au dromadaire.)

— Oui, beau sommeil, j'ai fait un rêve
intéressant.

— Bon, on y va ?

— Allons-y.

Casseroles déplie ses pattes et se dresse dans
le ciel orange. Le soleil se lève. Toa le Marchand
jure, crache et maudit l'Afrique. Le dromadaire

et le garçon rigolent. Il y a longtemps qu'ils ont appris à rire *en dedans*. Vus de dehors, l'un et l'autre sont lisses et sérieux comme les dunes.

4

C'est ainsi qu'il a commencé sa vie. Dans toute l'Afrique, Toa le Marchand n'aurait pu trouver un garçon capable de charger et de décharger le dromadaire plus vite que lui. Ni de présenter plus joliment les marchandises devant les tentes des Bédouins, ni de mieux comprendre les chameaux, ni, surtout, de raconter de plus jolies histoires, le soir, autour des feux, quand le Sahara devient aussi froid qu'un désert de glace, et qu'on se sent encore plus seul.

— Il raconte bien, non ?

— N'est-ce pas qu'il raconte bien ?

— Oui, il raconte bien !

Cela attirait les clients, dans les campements de nomades. Toa était content.

— Eh ! Toa, comment l'appelles-tu, ce garçon ?

— Pas eu le temps de lui donner de nom ; je travaille, moi !

Les nomades n'aimaient pas Toa le Marchand.

— Toa, ce garçon, tu ne le mérites pas.

Ils installaient le garçon tout près du bra-
sero, ils lui donnaient du thé brûlant, des dat-
tes, du lait caillé (ils le trouvaient trop maigre)
et ils disaient :

— Raconte.

Alors le garçon racontait pour eux les histoires qui naissaient dans sa tête, là-haut, sur
la bosse de Casseroles. Ou bien il leur racontait les rêves du dromadaire, qui rêvait toutes
les nuits, et même parfois en avançant sous le
soleil. Toutes ces histoires parlaient de l'Afrique Jaune, le Sahara, l'Afrique du sable, du
soleil, de la solitude, des scorpions, et du silence.

Et, quand les caravanes repartaient
sous le ciel brûlant, ceux qui
avaient entendu les histoires
du garçon voyaient une autre
Afrique, du haut
de leurs chameaux. Le
sable y était doux, le soleil

55

une fontaine, ils n'étaient plus seuls : la petite voix du garçon les accompagnait partout dans le désert.

« Afrique ! »

Ce fut au cours d'une de ces nuits qu'un vieux chef touareg (il avait au moins cent cinquante ans) déclara :

— Toa, ce garçon, nous l'appellerons « Afrique » !

Lorsque Afrique racontait, Toa se tenait à l'écart, assis dans son manteau. Mais, à la fin de chaque histoire, il se levait, une écuelle de fer-blanc à la main, pour récolter les pièces de bronze ou les vieux billets.

— Il fait même payer les histoires de l'enfant !

— Toa le Marchand, tu te vendrais toi-même, si quelqu'un voulait de toi.

— Je suis le Marchand, grommelait Toa, je fais mon métier de marchand...

C'est vrai que Toa aurait tout vendu. D'ailleurs, un beau matin, il vendit tout.

Cela se passa dans une ville du Sud, là où le désert cesse d'être de sable. Une autre Afrique. Grise. Cailloux brûlants, buissons d'épineux, et, plus au sud encore, grandes plaines d'herbes sèches.

— Attends-moi là, avait ordonné Toa. Garde la tente.

Et il avait disparu dans la ville en tenant son chameau par la bride. Afrique n'avait plus peur d'être abandonné. Il savait que Casseroles ne quitterait pas la ville sans lui.

Pourtant, quand Toa revint, il était seul.

— J'ai vendu le chameau !

— Comment ? Tu as vendu Casseroles ? À qui ?

— Ça ne te regarde pas.

Il avait un drôle de regard en coin.

— D'ailleurs, je t'ai vendu, toi aussi.

Et il ajouta :

— Te voilà berger, maintenant.

5

Après le départ de Toa, Afrique avait passé des heures à chercher Casseroles. En vain.

— Mais il n'a pas pu quitter la ville, il n'aurait pas fait un seul pas sans moi ! Il me l'avait promis !

Il interrogeait les passants. On lui répondait :

— Petit, ici, des chameaux, on en vend deux mille tous les jours !

Il interrogeait les enfants de son âge :

— Vous n'auriez pas vu un droma qui rêve ?

Les enfants riaient :

— *Tous* les dromas rêvent !

Il questionnait les chameaux eux-mêmes :

— Un dromadaire grand comme une dune !

Les chameaux le regardaient de très haut :

— Pas de petits dromadaires parmi nous, mon gars, rien que de belles bêtes...

Et, bien sûr, il s'adressait aussi aux acheteurs de chameaux :

— Un beau dromadaire couleur de sable, vendu par Toa le Marchand...

— Combien ? demandaient les acheteurs qui ne s'intéressaient à rien d'autre.

Jusqu'au moment où le Roi des Chèvres se mit en colère :

— Dis-donc, Afrique, tu n'es pas ici pour chercher un dromadaire, mais pour garder mes troupeaux !

C'était au Roi des Chèvres que Toa avait vendu Afrique. Pas un méchant homme, le Roi des Chèvres. Seulement, il aimait ses troupeaux plus que tout au monde. D'ailleurs, il avait des cheveux bouclés de mouton blanc, ne mangeait que du fromage de chèvre, ne buvait que du lait de brebis et parlait d'une voix chevrotante qui

faisait frétiller sa longue et soyeuse barbiche de bouc. Il n'habitait pas de maison, mais une tente, en souvenir du temps où il gardait lui-même ses troupeaux, et il ne quittait jamais son immense lit de laine noire et bouclée.

— Oui, moi je suis trop vieux, sinon je n'aurais pas besoin de berger.

La moindre brebis malade, la moindre patte de mouton cassée, une chèvre disparue, il renvoyait le berger.

— Tu as bien compris, Afrique ?

Le garçon fit signe qu'il avait compris.

— Alors, assieds-toi et écoute.

Le Roi des Chèvres tendit au garçon un gros morceau de fromage et une écuelle de lait encore chaud, et il lui apprit le métier de berger.

Afrique resta deux années entières au service du Roi des Chèvres. Les habitants de l'Afrique Grise n'en revenaient pas.

— D'habitude, le vieux ne garde pas un berger plus de quinze jours. Tu as un secret ?

Afrique n'avait aucun secret. C'était un bon berger, voilà tout. Il avait compris une chose très simple : les troupeaux n'ont pas d'ennemis. Si le lion ou le guépard mange une chèvre de temps en temps, c'est qu'il a faim. Afrique avait expliqué cela au Roi des Chèvres.

— Roi, si tu ne veux pas que les lions attaquent tes troupeaux, il faut leur donner à manger toi-même.

— Nourrir les lions ?

Le Roi des Chèvres tortillait sa barbe.

— D'accord, Afrique, ce n'est pas une mauvaise idée.

Et, partout où Afrique emmenait paître les chèvres, il disposait de gros morceaux de viande qu'il apportait de la ville.

— Voilà ta part, Lion, ne touche pas à mes brebis.

Le Vieux Lion de l'Afrique Grise flairait les quartiers de viande sans se presser.

— Tu es un drôle de type, berger, vraiment un drôle de type.

Et il se mettait à table.

Avec le Guépard, Afrique eut une conversation plus longue. Un soir où celui-ci s'approchait en rampant du troupeau, avec mille précautions, Afrique dit :

— Ne fais pas le serpent, Guépard, je t'ai entendu.

Stupéfait, le guépard sortit sa tête de l'herbe sèche.

— Et comment tu as fait, berger ? Personne ne m'entend jamais !

— Je viens de l'Afrique Jaune. Là-bas, il n'y a que le silence, ça rend l'oreille fine. Tiens, je peux te dire que deux puces se disputent sur ton épaule.

D'un coup de dent, le guépard croqua les deux puces.

— Bien, dit Afrique, il faut que je te parle.

Impressionné, le Guépard s'assit et écouta.

— Tu es un bon chasseur, Guépard. Tu cours plus vite que tous les animaux et tu vois plus loin. Ce sont aussi des qualités de berger.

Silence. On entendit barrir un éléphant, très loin. Puis des coups de fusil.

— Chasseurs étrangers... murmura Afrique.

— Oui, ils sont revenus, dit le Guépard, je les ai vus hier.

Il y eut un moment de tristesse.

— Guépard, si tu faisais le berger avec moi ?

— Qu'est-ce que j'y gagnerais ?

Afrique regarda longuement le Guépard. Deux larmes anciennes avaient laissé des traces noires jusqu'aux coins de ses lèvres.

— Tu as besoin d'un ami, Guépard, et moi aussi.

Voilà, c'est ainsi que cela s'était passé avec le Guépard. Afrique et lui étaient devenus inséparables.

6

Les plus jeunes chèvres ne pouvaient suivre le troupeau quand les pâturages étaient trop éloignés. Elles se fatiguaient. Elles traînaient en route, et les hyènes, qui n'étaient jamais loin, se léchaient les babines en rigolant. Le Guépard en avait assez de faire des aller et retour pour chasser les hyènes. Les chevrettes les plus fragiles étaient aussi les plus belles et les plus rares, c'était une race spéciale que le Roi des Chèvres appelait « mes Colombes d'Abyssinie ». Il passait des nuits blanches à l'idée qu'il pût leur arriver quelque chose.

— Roi, j'ai une idée pour protéger tes Colombes.

Afrique expliqua.

— Il faut laisser les plus jeunes en arrière.

Le Roi des Chèvres s'en arracha trois poils de barbe.

— Toutes seules, en arrière, tu es fou ? Et les hyènes !

— Voilà justement mon idée : je dépose les chevrettes dans les plus grands buissons d'épineux, et les hyènes ne peuvent pas les toucher.

Le Roi des Chèvres ferma les yeux et réflé-

chit très vite : « Voyons, toutes les chèvres broutent les épineux, elles ont des mâchoires à broyer des clous, les épines n'abîment pas leur fourrure, et s'il y a une chose que les hyènes ne supportent pas, c'est bien les épineux. Une bonne idée, pas de doute. »

Il regarda de nouveau Afrique en lissant sa barbe et demanda :

— Dis-moi, Afrique, pourquoi est-ce que je n'ai pas eu cette idée avant toi ?

Afrique contempla les yeux du vieillard, si usés, si pâles, et répondit doucement :

— C'est que le berger, maintenant, c'est moi. Toi, tu es le Roi.

La tête de l'Hyène regardant le buisson d'épineux valait la peine d'être vue.

— Alors là, non, Afrique, cette chevrette, sous mon nez, et une Colombe d'Abyssinie encore ! une pareille tentation, ce n'est vraiment pas gentil de ta part !

Elle salivait tellement que les fleurs auraient pu pousser entre ses pattes. Afrique lui tapota le front :

— À mon retour, je t'apporterai les restes du vieux lion. Les lions sont comme les riches, ils laissent toujours quelque chose.

Le Guépard, qui n'aimait pas l'odeur de l'Hyène, fronçait les sourcils.

— Berger, tu ne devrais pas parler avec « ça ».

— Je parle à tout le monde.

— Tu as tort. Moi je n'ai pas confiance en « ça ».

Le troupeau se remit en marche. Le Guépard jeta un dernier regard méprisant à l'Hyène et dit :

— De toute façon, aucune importance : moi vivant, personne ne mangera une de tes chèvres.

Voilà. Le temps passait. Le troupeau prospérait. Le Roi des Chèvres dormait paisiblement. Tout le monde était content, y compris l'Hyène qui se régalait avec les restes du lion. (Elle prétendait même qu'elle ne restait à côté des épineux que pour garder elle-même les Colombes d'Abyssinie. Le Guépard secouait la tête en levant les yeux au ciel. « Parfaitement ! protestait l'Hyène. Et, s'il arrivait quelque chose aux Colombes, je serais la première à te prévenir, Berger ! »)

Tout le monde, dans l'Afrique Grise, connaissait le petit berger. Une vraie popularité. Le soir, quand Afrique allumait ses feux, il ne fallait pas attendre longtemps pour que des ombres noires se glissent jusqu'à lui. Ce n'étaient pas des voleurs. Ce n'étaient pas des animaux affamés. C'était la foule de ceux — hommes et bêtes

— qui venaient écouter les histoires d'Afrique, le petit berger du Roi des Chèvres. Il leur parlait d'une autre Afrique, l'Afrique Jaune. Il leur racontait les rêves du dromadaire Casseroles, mystérieusement disparu. Mais il leur racontait aussi des histoires de l'Afrique Grise, qu'il connaissait mieux qu'eux, bien qu'il n'y fût pas né.

— Il raconte bien, non ?

— N'est-ce pas qu'il raconte bien ?

— Pour ça oui, il raconte bien !

Et, l'aube venue, quand chacun repartait de son côté, c'était comme s'ils restaient ensemble.

Un jour, le Gorille Gris des Savanes interrompit une histoire :

— Dis donc, Berger, tu sais qu'il existe une autre Afrique, une Afrique Verte, des arbres partout, hauts et touffus comme des nuages ? J'ai un cousin, là-bas, un grand costaud au crâne pointu !

Une Afrique Verte ? On n'y croyait pas trop. Mais le Gorille Gris des Savanes, on le contredisait rarement...

Bizarre, la vie... On vous parle d'une chose que vous ignoriez complètement, une chose inimaginable, presque impossible à croire, et, à peine vous en a-t-on parlé, voilà que vous la découvrez à votre tour. L'Afrique Verte... Le garçon allait bientôt la connaître, l'Afrique Verte !

7

Cela se passa une nuit. Afrique racontait. Les animaux écoutaient, soudain le Guépard siffla :

— Chut !

Venu de très loin, on entendit le rire de l'Hyène. Mais un rire inhabituel. Un rire furieux...

— Il se passe quelque chose avec les Colombes d'Abyssinie !

Le Guépard sauta sur ses pattes.

— J'y vais ! Berger, rejoins-moi là-bas avec le troupeau.

Puis, juste avant de disparaître :

— Je t'avais bien dit de ne pas faire confiance à « ça » !

Au petit matin, lorsque Afrique atteignit le buisson d'épineux, son cœur cessa de battre. Le buisson était vide ! L'Hyène avait disparu. Le Guépard aussi. Tout autour, des traces de lutte... Et personne ne savait rien, évidemment. Le Roi des Chèvres faillit mourir.

— Ma Colombe d'Abyssinie ! la plus belle ! la plus gracieuse ! la perle de mes yeux ! la plus rare ! Voilà ce que c'est que de fréquenter les guépards ! Il me l'aura mangée ! Maudit berger, je te chasse, toi et tes idées de buissons épineux ! Va-t'en ! Disparais avant que je ne t'étrangle !

Rester en Afrique Grise ? Impossible. Trop triste. Retrouver l'Afrique Jaune ? Sans Casseroles ? Non. Le garçon repensa au Gorille Gris des Savanes. L'Afrique Verte : « J'ai un cousin là-bas... »

— Et comment paieras-tu ton voyage ? lui avait demandé le chauffeur.

— Je nettoierai ton camion, avait répondu Afrique.

— Pas besoin d'être nettoyé, c'est le moteur qui compte.

— Je préparerai tes repas.

— Il est tout prêt, mon repas. (Le chauffeur avait montré une provision de galettes noires et de fromage blanc.)

— Je te raconterai des histoires.

— Bon, j'aime les histoires. Et ça m'empêchera de dormir. Monte. Si tu m'ennuies, je te jette par la fenêtre.

Voilà. C'est ainsi qu'ils quittèrent l'Afrique Grise. Pendant que le chauffeur conduisait (trop vite), Afrique racontait. Mais, pendant qu'il racontait, il pensait à autre chose. Qu'était-il arrivé à la petite chèvre, au Guépard et à l'Hyène ? « Est-ce que je vais perdre tous mes amis les uns après les autres ? Est-ce que je porte malheur ? »

Le soleil se levait. Et se couchait. Triste voyage. Long voyage. Très long. Très chaud. Très plat.

Le camion était une espèce de petit autobus dont toutes les tôles brinquebalaient. Il y monta d'autres passagers. Le chauffeur les faisait payer. Cher. (« J'ai un garçon qui raconte ! ») Il en monta beaucoup. Beaucoup trop. Afrique le dit au chauffeur :

— Tu es trop chargé, chauffeur, et tu conduis trop vite...

— Tais-toi et raconte !

Afrique racontait. Nuit et jour. La nuit, il voyait les yeux qui l'écoutaient.

Et un matin, un cri immense sortit de toutes les poitrines. Là-bas, tout au bout d'une mer de terre sèche et craquelée, apparut le moutonnement vert de la Forêt Tropicale.

L'Afrique Verte ! Le Gorille Gris des Savanes n'avait pas menti.

Tout le monde se mit aux fenêtres en hurlant de joie. Le chauffeur accéléra encore. Ils pénétrèrent à toute allure dans la forêt. Et, bien sûr, dans un virage bordé d'immenses fougères, le petit autobus quitta la piste et se retourna. Grand vacarme de ferraille et de moteur fou.

La dernière chose que vit Afrique avant de s'évanouir, ce fut l'autobus, comme un vieux scarabée sur le dos, ses quatre roues tordues tournant dans le vide.

8

— M'ma Bia, M'ma Bia, il se réveille !

— Bien sûr qu'il se réveille, puisque c'est moi qui l'ai soigné.

— Tout de même, si vite, je n'aurais pas cru...

— P'pa Bia, Vieille Chose, depuis combien de temps je soigne ?

— Depuis que tu es toute petite, il y a bien cinquante ans !

— Combien n'ont pas guéri, P'pa Bia, tu peux me le dire ?

— Aucun. Ils ont tous guéri. Chaque fois, c'est un vrai miracle...

— Pas un miracle, non, la Bonne Main de M'ma Bia !

— Tout de même, celui-ci, j'ai bien cru qu'il allait mourir.

— Pauvre Vieille Chose, celui-ci est plus solide que tous les autres, il vivra cent ans !

Depuis un certain temps, Afrique, dans son sommeil, entendait ces chuchotements, accompagnés de petits rires. Il ouvrit les yeux.

— M'ma Bia, il ouvre les yeux !

— Je vois bien qu'il ouvre les yeux. Donne le lait de coco.

Afrique but le lait. Un liquide frais, velouté, sucré, un peu acide. Il l'aima.

— On dirait qu'il aime.

— P'pa Bia, je vois bien qu'il aime, il a vidé la noix.

Afrique se rendormit.

Quand il se réveilla, la seconde fois, la maison était vide. Pourtant, il entendit une voix qui lui disait :

— Salut, toi.

Une petite voix métallique et nasale, qui sortait d'un oiseau bizarre, bleu pâle à queue rouge, avec un bec à casser des noix. L'oiseau était perché sur une jarre de terre.

— Salut, répondit Afrique, qui es-tu ?

— Moi, je suis perroquet, et toi ?

— J'étais berger. J'ai aussi été marchand. Enfin, presque...

— Tiens ? fit le perroquet, comme P'pa Bia. Et tu finiras probablement comme lui, dans l'agriculture.

— Je peux sortir ? demanda Afrique.

— Si tu tiens sur tes jambes, qu'est-ce qui t'en empêche ?

Afrique se leva avec précaution. Inutile, il était guéri. Comme si toute cette vie qu'il avait perdue à cause de l'accident était revenue en lui pendant son sommeil. Alors il poussa un cri de joie et sortit de la maison en courant. Mais son cri se transforma en hurlement de terreur. La maison était haut perchée sur des pilotis : il venait de se précipiter dans le vide. Afrique ferma les yeux et attendit le choc. Mais il se passa autre chose. Deux énormes bras, d'une force incroyable, l'attrapèrent au vol, et il se sentit écrasé contre une poitrine aussi large, velue et rembourrée que le grand lit du Roi des Chèvres. Puis il y eut un éclat de rire si puissant que tous les oiseaux de la forêt s'envolèrent.

— P'pa Bia, tu pourrais rire moins fort, tout de même !

— Bon sang, à l'heure de la sieste, on n'a pas idée !

Toute la forêt protestait.

— M'ma Bia, ça y est, regarde, il est complètement guéri !

P'pa Bia brandissait Afrique à bout de bras, le montrant à une toute petite vieille bonne femme qui sortait de l'épaisseur des bois.

— Pas la peine de faire tout ce chahut, P'pa Bia, je vois bien qu'il est guéri.

Afrique ouvrit des yeux tout ronds. La vieille femme était suivie d'un gigantesque gorille noir au crâne pointu. Il portait une grosse provision de papayes roses, qui sont le meilleur fruit et le meilleur remède.

— Bizarre, dit le Gorille, P'pa Bia n'a jamais pu se mettre dans la tête que tu les guéris *tous*.

— Tais-toi, grosse bête, répondit M'ma Bia, c'est pour me faire plaisir qu'il fait semblant de s'étonner.

— Ah ! bon... fit le gorille.

9

La maison de P'pa Bia et M'ma Bia se dressait sur ses quatre pattes au beau milieu d'une clairière d'un vert absolument vert.

— Pourquoi les pilotis ? demanda Afrique.

— Pour que les serpents ne nous rendent pas visite, mon petit.

Tout autour, c'était la muraille végétale de la forêt, si haute qu'on se serait cru au fond d'un puits de verdure.

P'pa Bia et M'ma Bia soignèrent Afrique et le nourrirent. Ils ne lui posèrent aucune question. Ils ne l'obligèrent pas à travailler.

Le jour, ils s'occupaient de la clairière et des arbres. La nuit, ils discutaient. Ils avaient beaucoup vécu. Ils connaissaient tous les hommes et tous les animaux de l'Afrique Verte. Ils avaient des enfants et des cousins partout, dans les trois Afriques et dans l'Autre Monde.

— L'Autre Monde ? Qu'est-ce que c'est que ça ?

P'pa Bia ouvrait la bouche pour répondre à la question qu'Afrique venait de poser, quand un grand fracas de branches cassées et de feuilles froissées l'interrompit. Le bruit n'était pas tout proche, mais l'arbre qui venait de tomber était si grand que toute la forêt dut entendre sa chute. Puis il y eut un long silence, et P'pa Bia dit :

— L'Autre Monde ? Nous y serons peut-être bientôt dans l'Autre Monde.

— Tais-toi donc, dit M'ma Bia, ne va pas mettre des idées pareilles dans la tête de ce petit.

Sans qu'ils le lui aient demandé, Afrique s'était mis à aider P'pa Bia et M'ma Bia dans leur travail. Il allait avec eux récolter les fruits de la forêt, et, chaque samedi, tous les trois se rendaient au marché de la petite ville voisine. P'pa Bia, qui était un bon marchand, vendait les fruits en criant très fort. On venait aussi consulter M'ma Bia qui guérissait presque tout pour trois fois rien. Mais le plus connu, très vite, ce fut Afrique.

À peine les courses finies, tout le monde se rassemblait autour de lui.

— Il raconte bien, non ?

— N'est-ce pas qu'il raconte bien ?

— Pour ça oui, il raconte bien !

— Et la tienne, d'histoire, celle de ta vie, si tu nous la racontais ?

Le jour où P'pa Bia posa cette question, il pleuvait. Et quelle pluie ! Un temps à raconter sa vie. P'pa Bia et M'ma Bia écoutaient Afrique en hochant gravement la tête.

— Alors, tu n'as pas de père ? demanda P'pa Bia quand Afrique eut fini de raconter.

— Pas de père, non.

— Et pas de mère, hein ? demanda M'ma Bia.

— Non, pas de mère non plus, non.

Il y eut un silence embarrassé, car tous les trois venaient d'avoir la même idée en même temps.

C'est ainsi qu'il devint Afrique N'Bia, dernier enfant de P'pa et M'ma Bia qui en avaient eu quatorze avant lui, aujourd'hui dispersés dans toutes les Afriques et sur toutes les terres de l'Autre Monde.

10

Oui, mais, les années passant, il tombait de plus en plus d'arbres. La forêt s'éclaircissait. Le front de P'pa Bia se ridait.

— Ne t'inquiète pas, ça finira bien un jour.

Pourtant, M'ma Bia savait bien que ça ne finirait pas.

À la saison des pluies, les arbres coupés étaient jetés dans les marigots (les rivières de l'Afrique Verte) qui filaient vers la mer. Un jour qu'Afrique et le Gorille, assis au bord de la rivière, regardaient passer les troncs décortiqués, le Gorille eut un gros soupir :

— Il n'y en a plus pour bien longtemps...

Histoire de lui changer les idées, Afrique demanda :

— Tu sais que tu as un cousin, en Afrique Grise ?

— Un petit gros au crâne plat, dans la Savane ? Oui, je sais ça, répondit distraitement le Gorille.

Silence. Et, dans le silence, le bruit régulier des haches.

— Mais enfin, ces arbres, où vont-ils ? demanda Afrique.

Le Gorille continuait à regarder fixement la rivière :

— Où veux-tu qu'ils aillent ? Dans l'Autre Monde, pardi !

Et il ajouta, comme pour lui-même :

— Bon sang, il faut que je prenne une décision, il n'y a pas à dire, il faut que je me décide !

— Moi aussi, fit une drôle de voix, tout près d'eux.

C'était un souffle profond et pâle, une voix presque muette.

— Qu'est-ce que ça peut te faire, à toi ? demanda le Gorille, tu ne vis pas dans les arbres !

— Justement, expliqua le Crocodile, je vis dans l'eau, mais dans mon eau, maintenant, il y a tes arbres...

P'pa Bia aussi prit une décision :

— Allez, dit-il, on s'en va.

— Pourquoi ? demanda Afrique.

P'pa Bia le conduisit à la lisière de la forêt, lui montra cette étendue de terre sèche et craquelée qu'Afrique avait traversée en camion (des nuits et des jours, interminables...).

— Voilà, dit P'pa Bia, il n'y a pas si longtemps, la forêt s'étendait jusqu'à l'horizon.

Aujourd'hui, on a coupé tous les arbres. Et quand il n'y a plus d'arbres, il ne pleut plus. Tu vois, rien ne pousse. La terre est si dure que le chien ne peut même plus y enterrer son os.

Tout à coup, P'pa Bia pointa son doigt devant lui.

— Regarde.

Afrique suivit le doigt, et vit une petite chose noire, luisante et furieuse, qui avançait obstinément vers la forêt en brandissant un couteau recourbé au-dessus de sa tête.

— Même le Scorpion Noir ne supporte pas cette sécheresse !

P'pa Bia se tut. Un souffle d'air brûlant souleva un nuage de poussière.

— Voilà ce que va devenir notre clairière...

Ils avaient les lèvres sèches.

— Allez, dit P'pa Bia, on s'en va.

CHAPITRE IV

L'AUTRE MONDE

1

C'est ainsi que P'pa Bia, M'ma Bia et leur fils Afrique arrivèrent, ici, chez nous, dans l'Autre Monde. Ils avaient un cousin dans notre ville. Le cousin ouvrit le journal et aida P'pa Bia à chercher du travail. P'pa Bia aurait fait n'importe quoi, mais le journal disait qu'il n'y avait presque rien à faire.

— Ne t'inquiète pas, disait M'ma Bia, on trouvera bien quelque chose.

Et un jour, en effet, le cousin trouva.

— Là, dit-il en entourant au stylo bille une petite annonce sur le journal, voilà ce qu'il te faut !

Et P'pa Bia fut engagé par le zoo munici-
pal, section « entretien de la serre tropicale ».

— C'est quoi, la « serre tropicale » ?
avait-il demandé.

— Une espèce de cage en verre, où ils
enferment les arbres de chez nous, avait répondu le cousin.

Les arbres étaient presque morts. P'pa Bia
les ressuscita.

Afrique se souviendra toute sa vie du jour
où il pénétra dans le jardin zoologique. Il n'avait
aucune idée de ce que cela pouvait être.

— Un jardin d'animaux, avait dit M'ma
Bia.

Afrique ne voyait pas trop comment on
pouvait planter des animaux dans un jardin. De
plus, il était triste. Il regrettait la clairière et
l'Afrique Verte. Il se sentait comme en prison
entre les murs de notre ville. Et si seul ! Si seul...

Mais, à peine eut-il franchi le porche de fer
du jardin zoologique qu'une voix familière
l'arrêta :

— Salut, puceron ! Alors, tu as fini par me
retrouver ? Ça ne m'étonne pas de toi !

Pendant quelques secondes, Afrique ne put
dire un mot. C'était trop beau. Il refusait d'en
croire ses yeux et ses oreilles.

— Casseroles !

Oui. Le dromadaire était là, devant lui, debout sur ses quatre pattes, au beau milieu d'un enclos cerclé de grillage.

— Casseroles ! Qu'est-ce que tu fais ici ?

— Comme tu vois, je t'attendais. Je n'ai pas fait un pas depuis que Toa m'a vendu.

— Pas un pas ?

— Comme je te l'avais promis. Tout le monde a essayé de me faire marcher, mais rien à faire : je n'ai pas mis un pied devant l'autre depuis que nous sommes séparés.

Afrique, dont le cœur s'était presque arrêté de battre, n'arrivait toujours pas à y croire.

— Mais enfin, comment as-tu fait pour arriver jusqu'ici ?

Casseroles eut son petit rire intérieur :

— Que veux-tu qu'un acheteur fasse d'un chameau paralytique ?

Afrique sursauta :

— Tu aurais pu te faire abattre !

— Mais non, voyons, mon acheteur a préféré me revendre !

— À qui ?

— Quelle importance ? À un autre acheteur... qui m'a revendu à son tour.

— Et alors ?

— Et alors, d'acheteur en acheteur, j'ai fini par tomber sur le fournisseur du zoo. Lui, un dromadaire immobile, c'est exactement ce qu'il cherchait. Il m'a payé très cher.

Autre rire intérieur.

— J'ai beaucoup voyagé pour arriver jusqu'ici, en bateau, en train, en camion, et même en grue ! (C'est avec une grue qu'ils m'ont déposé au milieu de l'enclos.) Pas un seul pas sans toi, puceron ! Je n'en ai pas fait un seul !

« Je vais pleurer, se dit Afrique, ça y est, je vais pleurer ! »

— Mais maintenant je vais pouvoir me dégourdir les pattes ! s'écria Casseroles. Et il se mit soudain à sauter sur place, à galoper à toute allure le long de son grillage, puis il se roula dans la poussière et, en équilibre sur sa bosse, se fit tourner comme une toupie, les pattes en l'air, hurlant de rire.

De cage en cage, le fou rire se propagea à tous les animaux, et gagna Afrique à son tour. L'animal qui riait le plus fort s'écria :

— Eh ! le droma, tu te prends pour une Colombe d'Abyssinie, ou quoi ?

« Ce rire... » pensa Afrique, « je connais ce rire-là ! »

À dix mètres de lui, derrière de gros barreaux de fer, l'Hyène de l'Afrique Grise riait plus fort que tout le monde. Puis, s'adressant à l'animal de la cage voisine, elle dit :

— Et alors, « Les Larmes », tu ne ris pas ? Regarde le droma !

— Pas le temps de m'amuser, fit une voix qu'Afrique reconnut instantanément, je suis le berger, moi, je surveille la chèvre !

Et la voix (qu'elle était triste !) ajouta :

— D'ailleurs, si tu l'avais mieux surveillée toi-même, on ne serait pas là !

— J'ai fait tout ce que j'ai pu ! protesta l'Hyène, tu n'es pas meilleur berger que moi !

Afrique qui était accouru sur les lieux de la dispute s'arrêta pile, respira profondément, et murmura :

— Bonjour Guépard, c'est toi qu'elle appelle « Les Larmes » ? Ne sois plus triste, je suis là, maintenant...

— Bonjour, berger, je ne suis pas triste, je suis un peu fatigué. C'est que j'ai surveillé la Colombe jour et nuit depuis que les chasseurs de bêtes vives les ont capturées, elle et « ça ». Afrique sourit à l'Hyène qui prit un air embarrassé :

— J'ai fait ce que j'ai pu, Afrique, je t'assure, mais ils m'ont tendu un piège à viande ; tu me connais, difficile de résister...

— Moi, dit le Guépard, je me suis fait prendre exprès, pour ne pas abandonner la Colombe. Regarde-la, elle est belle, non ?

D'un mouvement de tête, le Guépard montra un enclos, à dix mètres de là, où la Colombe d'Abyssinie caracolait joyeusement en l'honneur d'Afrique.

— Je ne l'ai pas quittée des yeux une seconde, répéta le Guépard. Jour et nuit ! Enfin, tu es là, maintenant, je vais pouvoir me reposer... Et il s'endormit aussitôt.

Tous. Afrique les retrouva tous dans le jardin zoologique de l'Autre Monde. Le Gorille Gris des Savanes et son Cousin des Forêts (« Qu'est-ce que tu veux, ils emmenaient mes arbres, j'ai décidé de me faire prendre aussi ! Mais regarde comme ils sont : ils ont mis mes arbres dans une cage et moi dans une autre... »), le Vieux Lion de l'Afrique Grise, le Crocodile des marigots, le Perroquet Bleu à queue rouge, et, brandissant son poignard derrière la vitre lumineuse d'un aquarium, le furieux petit Scorpion Noir qui fuyait la sécheresse. Même Toa le Marchand ! Il vendait des glaces maintenant. Mais il était toujours le même ; il s'emmêlait les doigts dans la barbe à papa et passait son temps à jurer :

— Ah ! l'Autre Monde ! Tu parles d'un Autre Monde !

Oui, Afrique les connaissait tous, les habitants du jardin zoologique. Tous sauf un.

2

— Tous sauf moi, hein ?

On est au printemps, maintenant. Le loup et le garçon sont toujours l'un en face de l'autre.

— Oui, Loup Bleu. Et tu me paraissais si seul, si triste...

« Drôle de garçon, se dit le loup, drôle d'homme ! Je me demande ce que Flamme Noire en aurait pensé ? »

Mais ce que le loup voit, dans l'œil du

garçon, maintenant, est encore plus surprenant que tout le reste...

C'est le soir, P'pa et M'ma Bia sont debout dans leur cuisine. Afrique est assis en face d'eux, sur un tabouret. Une ampoule jaune pend du plafond. M'ma Bia est penchée sur la tête du garçon qu'elle tient dans ses deux mains. Le garçon n'a qu'un œil. L'autre est fermé depuis des mois. Même le matin, lorsqu'il se réveille, Afrique n'ouvre qu'un œil.

M'ma Bia hoche tristement la tête.

— Non, murmure-t-elle, je ne crois pas que je le guérirai, pas cette fois-ci...

P'pa Bia renifle et gratte son menton qu'il n'a pas rasé.

— On pourrait peut-être essayer le docteur ?

On essaya. Le docteur ordonna des gouttes. Les cils d'Afrique en étaient tout poisseux. On aurait dit qu'il pleurait du matin au soir. Mais l'œil ne se rouvrait pas. On retourna chez le docteur. C'était un docteur honnête :

— Je n'y comprends rien, dit-il.

— Moi non plus, répondit M'ma Bia.

« Moi, je comprends très bien », pense Loup Bleu.

M'ma Bia penchée sur le garçon dans la

cuisine, et P'pa Bia qui n'en dort plus la nuit, Loup Bleu est désolé.

Et ce garçon qui continue de le regarder, avec son œil unique !

Loup Bleu hoche plusieurs fois la tête et finit par demander :

— Comment as-tu deviné ?

Silence. Rien qu'un léger sourire sur les lèvres du garçon.

— Tout de même, tout de même, je m'étais bien juré de le garder fermé, cet œil !...

La vérité, c'est que derrière sa paupière close, l'œil du loup est guéri depuis longtemps. Mais ce zoo, ces animaux si tristes, ces visiteurs... « Bof, s'était dit le loup, un seul œil suffit largement pour voir ça. »

— Oui, Loup Bleu, mais maintenant je suis là !

C'est vrai. Maintenant il y a ce garçon. Aux animaux d'Afrique, il a raconté le Grand Nord. À Loup Bleu, il a raconté les trois Afriques. Et tous se sont mis à rêver, même quand ils ne dorment pas !

Loup Bleu regarde, pour la première fois, par-dessus l'épaule du garçon, et il voit, *il voit nettement* Paillette et le Guépard faire les fous, au milieu du zoo, dans la poudre d'or du Sahara. Perdrix les rejoint bientôt, et les rouquins aussi, qui se mettent à danser autour du dromadaire-toupie. P'pa Bia ouvre les portes de la serre, les beaux arbres de l'Afrique Verte envahissent les allées. Sur la plus haute branche — sentinelles — Cousin Gris et le Gorille des Forêts sont assis l'un à côté de l'autre.

Et les visiteurs qui ne remarquent rien...

Et le directeur du zoo qui continue sa ronde...

Et Toa le Marchand, qui court à toute allure, poursuivi par le Scorpion furieux...

Et les enfants qui se demandent pourquoi l'Hyène rit si fort...

Et Flamme Noire qui vient de s'asseoir à côté du garçon, en face de Loup Bleu.

Et la neige qui tombe sur tout cela (en plein printemps !), la belle neige muette de l'Alaska, qui recouvre tout, et garde les secrets...

« Évidemment, pense Loup Bleu, évidemment, c'est tentant, ça mérite d'être vu avec les deux yeux. »

« Clic ! » fait la paupière du loup en s'ouvrant.

« Clic ! » fait la paupière du garçon.

— Je n'y comprends rien, dira le vétérinaire.

— Moi non plus, dira le docteur.

TABLE DES MATIÈRES

I. Leur rencontre 5

II. L'œil du loup 15

III. L'œil de l'homme 45

IV. L'autre monde 83

Impression réalisée par

La Flèche (Sarthe), le 20-12-2013
N° d'impression : 3002870

Dépôt légal : janvier 1994.
Sute du premier tirage : décembre 2013.

Pocket Jeunesse, une marque d'Univers Poche,
est un éditeur qui s'engage pour
la préservation de son environnement
et qui utilise du papier fabriqué à partir
de bois provenant de forêts gérées
de manière responsable.

12, avenue d'Italie – 75627 PARIS Cedex 13